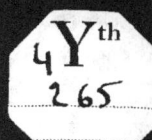

L'AUBERGE DU LAPIN BLANC

VAUDEVILLE EN UN ACTE

Par M. Achille BOURDOIS

Représenté, pour la première fois, à Paris, sur le théâtre des VARIÉTÉS,
le 24 mars 1855

PRIX : 60 CENTIMES.

Paris

BECK, LIBRAIRE, RUE DES GRANDS-AUGUSTINS, 20

—

1855

L'AUBERGE DU LAPIN BLANC

VAUDEVILLE EN UN ACTE

Par M. Achille BOURDOIS

Représenté, pour la première fois, à Paris, sur le théâtre des VARIÉTÉS le 24 mars 1855.

PERSONNAGES	ACTEURS.
DUTAILLIS, petit propriétaire..........................	MM. Heuzey.
GALUCHET...	Kopp.
LAVIOLETTE...	Danterny.
SUZETTE, fille de Dutaillis..............................	Mlles Rosalie-Léon.
URSULE, servante de Dutaillis...........................	Esther.

La scène se passe aux Pyrénées.

Toutes les indications sont prises de la gauche et de la droite du spectateur. Les personnages sont inscrits en tête des scènes dans l'ordre qu'ils occupent au théâtre; les changements de position sont indiqués par des renvois au bas des pages.

Un salon au rez-de-chaussée avec trois portes au fond; celle du milieu donne sur un jardin. — Celle de droite conduit à la cuisine, et celle de gauche à une autre pièce. — Deux portes latérales au troisième plan; celle de droite mène à la chambre de M. Dutaillis, celle de gauche à la chambre de Suzette; à gauche, pre-mier plan, la porte d'un petit cabinet; à droite, sur le devant, un guéridon; à gauche, entre les deux portes, un petit meuble, sur lequel il y a un vase pour mettre des fleurs. — Fauteuils, chaises, tableaux, etc. — Cheminée à droite, premier plan.

SCÈNE PREMIÈRE.

DUTAILLIS, *entrant par la gauche une lettre à la main, puis* URSULE ET SUZETTE.

DUTAILLIS. Bonne nouvelle! bonne nouvelle!... le voilà qui arrive..... (*Il appelle.*) Suzette!... Ursule!... Suzette!... Ursule!...

URSULE, *arrivant, très-coquettement mise, par le fond à droite* (1). Qu'est-ce que vous voulez, Monsieur?

DUTAILLIS. Où est ma fille?

URSULE. Elle donne à manger à ses poulets.

SUZETTE, *arrivant en négligé par le fond-milieu. Elle tient des fleurs à la main* (2). Qu'est-ce que vous voulez, mon père?

DUTAILLIS, *joyeusement.* Il arrive, mon en-fant!... il arrive!...

1 Dut. Urs.
2 Suz. Dut. Urs.

SUZETTE ET URSULE. Qui ça?

DUTAILLIS, *à Suzette.* Eh bien!... le prétendu que j'ai demandé pour toi, à Paris, à mon ami Ducerceau...

SUZETTE. Vraiment?

DUTAILLIS, *montrant la lettre qu'il tient.* En voici la lettre d'envoi : (*Il lit.*) « Le jeune homme « que vous m'avez demandé sera chez vous en « même temps que la présente !... le nommé... » (*Cessant de lire.*) Va te promener !...

URSULE. Comment, va te promener?...

DUTAILLIS. Non... je veux dire qu'en décache-tant la lettre, j'ai déchiré le nom... mais enfin, c'est le fils d'un épicier en retraite.

SUZETTE. Un épicier!... (*Elle s'éloigne et va mettre ses fleurs dans le vase qui est sur le petit meuble à gauche.*)

URSULE. C'est bien mesquin !...

DUTAILLIS. Qu'importe !... tous les hommes sont égaux, je ne connais entre eux d'autre dis-tance que celle qui les sépare... et je donnerais ma fille à un baron allemand, ou au fils de mon portier...

URSULE. Au fils de vot' portier?

DUTAILLIS. Si elle l'aimait!... or donc! ce jeune homme va arriver d'un moment à l'autre... il faut le recevoir selon son rang, et j'espère qu'il plaira à ma fille.

SUZETTE, *arrangeant ses fleurs.* Je ne demande pas mieux, mon père; mais on n'est pas maîtresse de son cœur... et si mon prétendu sait m'inspirer de la tendresse...

URSULE. Mam'selle a raison...

DUTAILLIS, *à Ursule.* On ne te demande pas ton avis, à toi! Et puis, d'abord, pourquoi es-tu pomponnée comme ça dès le matin?...

URSULE. Dame!... c'est aujourd'hui la fête du pays, et je veux aller à la danse pour y trouver un amoureux qui réponde aux besoins de mon âme!...

DUTAILLIS. Voyez-vous ça!

URSULE. Dame! je suis romanesque, moi!... J'ai lu les ouvrages de M. Paul de Kock...

DUTAILLIS. Tu ferais mieux de lire ton livre de cuisine... Ne faudrait-il pas qu'on t'expédiât aussi un amoureux de Paris?

URSULE. Ça ne ferait pas de mal... un chacun a besoin d'épancher son cœur.

DUTAILLIS. Ta! ta! ta!... Voyez si on ne la prendrait pas pour la fille de la maison... tant elle est attifée!... (*A Suzette.*) Et toi, tu as l'air de la domestique, avec ta robe d'indienne et ton petit tablier blanc!...

SUZETTE, *arrangeant toujours ses fleurs.* Dame! je n'ai pas encore eu le temps de faire de toilette.

DUTAILLIS. Si ton prétendu arrivait dans ce moment-ci, tu ne serais pas présentable.

SUZETTE, *revenant près de son père.* Si c'est ma robe qui doit lui plaire...

DUTAILLIS. Je ne dis pas ça... mais, comme dit la chanson :

> « Et toujours la parure
> « Embellit la beauté!... »

Il ne faut pas que ce jeune homme en réchappe, d'abord! Il a trois mille livres de rente, et sa fortune m'est nécessaire pour remettre toute ma maison à neuf.

Air de *Madame Favart.*

> Avec ses mille écus de rentes,
> Il peut tout réparer céans;
> Et pour peu qu' ma fille y consente,
> Il la comblera de présents!...
> Je désir' que dans ma famille
> Il entre pour la bell' saison,
> Afin d' badigeonner ma fille ..
> Et de reniper ma maison...

SUZETTE ET URSULE, *parlé.* Qu'est-ce que vous dites donc?...

DUTAILLIS, *parlé.* Non!... ce n'est pas ça!... (*Chantant.*)

> Afin de reniper ma fille,
> Et d' badigeonner ma maison!

URSULE. Oui, c'est une belle idée que vous avez eue là de transformer votre maison en auberge pour la saison des eaux!

DUTAILLIS. Avec cette enseigne remarquable : *Au lapin blanc!...* Ah! elle attirera tous les regards et les voyageurs vont accourir en foule; les eaux des Pyrénées sont très-renommées!... Je doublerai ainsi mon petit revenu...

URSULE. Et moi, je servirai tout ce monde-là?... je croulerai sous l'ouvrage!... merci!

DUTAILLIS. Mais pas du tout! puisque j'ai écrit aussi à Paris, à un bureau de placement, pour qu'on m'envoie un domestique mâle; il t'étaiera...

URSULE. A la bonne heure!

DUTAILLIS. Il va m'arriver *dard-dard!* mais ne songeons qu'à mon gendre qui, d'après le calcul de Ducerceau, devrait déjà être ici, puisqu'il devait suivre cette missive... (*On entend sonner au dehors.*) On sonne à la porte d'entrée?... Si c'était lui!... cours vite, Ursule!...

URSULE. Oui, Monsieur. (*Elle sort par le fond-milieu.*)

DUTAILLIS (1). Ah! j'éprouve toutes les émotions d'une première entrevue; je t'en conjure, ma fille, au nom de l'amour paternel, va te bichonner un peu...

SUZETTE. Mais, mon père...

DUTAILLIS. Arrange au moins les bandeaux.

URSULE, *revenant par le fond-milieu* (2). Monsieur, c'est lui!...

DUTAILLIS. J'en avais le pressentiment.

URSULE. Un homme superbe!

DUTAILLIS, *à sa fille.* Un homme superbe... hein?... Je vais mettre mon habit vert-pistache... Va, ma fille, va!... je ne te cache pas que je suis dans une grande agitation...

Air de *Victorine.* (Vaudeville final.)

> Pour un père, vraiment,
> C'est une journée
>   Fortunée;
> Que le sort bienveillant
> La préserv' de tout accident !
> (*A Suzette.*)
> Je veux de ton amour,
> Que mon habit pistache,
> Sans souillure et sans tache,
> Soit l'emblème en ce jour !

REPRISE, ENSEMBLE.

> Pour un père, vraiment, etc.

(*Dutaillis sort par la droite, et Suzette par la gauche.*)

1 Suz. Dut.

2 Suz. Dut. Urs.

SCÈNE II.

URSULE, puis LAVIOLETTE.

URSULE, *appelant au fond.* Par ici, Monsieur, par ici! entrez donc!'

LAVIOLETTE, *entrant par le fond-milieu, une valise à la main* (1). Je ne dérange personne, Mademoiselle?

URSULE. Au contraire!... on vous attend ici avec une impatience!... Et tout à l'heure encore on parlait de vous.

LAVIOLETTE. Cet accueil est pour moi d'un augure favorable.

URSULE. M. Dutaillis va venir dans un instant...

LAVIOLETTE. Oh! qu'il ne se presse pas pour moi.

URSULE, *à part, le regardant du coin de l'œil.* Ce jeune homme est vraiment fort bien... sa vue a produit sur moi un effet!...

LAVIOLETTE, *à part.* C'est la fille de la maison sans doute?... elle n'est pas mal; mais tournure un peu provinciale...

URSULE. J'espère que vous avez fait un bon voyage, Monsieur?

LAVIOLETTE. Excellent! je vous remercie...

URSULE, *balbutiant.* Ah!... tant mieux... Et j'espère aussi... je pense que... je crois que...

LAVIOLETTE. Plaît-il?...

URSULE, *à part, le regardant.* Je suis tout interloquée... qu'il est donc bien!

LAVIOLETTE, *à part.* Elle me regarde avec des yeux!... j'ai l'air de convenir...

URSULE. Je vous demande la permission d'aller donner un coup d'œil à la basse-cour... (*Elle remonte.*)

LAVIOLETTE. Ne vous gênez pas pour moi, je vous en prie!... (*A part.*) Elle paraît élevée aux soins du ménage.

URSULE, *à part.* Je suis vraiment interloquée... qu'il est donc bien, mon Dieu! qu'il est donc bien! (*Haut et saluant.*) Monsieur!... (*Elle sort par le fond-milieu, après avoir fait encore deux révérences à Laviolette.*)

SCÈNE III.

LAVIOLETTE, *seul, allant poser sa valise sur une chaise au fond, à droite de la porte du milieu.* Elle est très-polie, cette jeune personne... allons! jusqu'ici, la réception n'est pas mauvaise, et j'ai l'espoir qu'on m'acceptera. La maison est de chétive apparence, et l'enseigne est bien commune... *Au lapin blanc!...* Ça sent, d'une lieue, l'auberge de province... mais s'il y a peu de voyageurs, j'aurai, du moins, peu d'ouvrage, et

1 Urs. Lav.

dans l'état de débilité où je me trouve... (*Il tousse.*) C'est fort heureux pour moi... quelle chance que ce bureau de placement ait eu justement une condition à m'indiquer aux Pyrénées!... mon médecin m'en avait ordonné les eaux, et ma bourse était à sec! Ah! j'ai bien usé ma santé, cet hiver, au service de monsieur le marquis... il était temps de le quitter!... passer toutes les nuits au bal, dans les antichambres à attendre mon maître!... j'étais sur les dents!...

Air : *Vos maris en Palestine.*

Suzon, Marton, Mélanie,
Vous, dont les joyeux discours
De tant de nuits d'insomnie
Savaient abréger le cours,
Je vous ai fui pour toujours!
Oui, vos propos pleins d'ivresse
Charmaient mes moments perdus!
Mais, ô regrets superflus!
On me met au lait d'ânesse...
Vous ne me charmerez plus!
Non, nous ne causerons plus! (*bis.*)

Enfin je me suis dit : pour rétablir ma santé, je n'ai qu'à me mettre en service aux Pyrénées ; de cette manière, je pourrai prendre les eaux gratis, et ce qui fut dit fut fait.

SCÈNE IV.

LAVIOLETTE, DUTAILLIS.

DUTAILLIS, *en toilette, entrant par la droite, à part.* Ah!... le voilà!... Je crois que je suis suffisamment imposant. (*Il tousse.*) Hum! bum!

LAVIOLETTE, *à part.* Le maître de la maison probablement?... (*Haut.*) Monsieur, j'ai bien 'honneur... (*Il salue.*)

DUTAILLIS, *lui rendant son salut.* Je suis bien le vôtre, mon cher Monsieur!... Abrégeons les préliminaires... je sais ce qui vous amène, et vous êtes le bienvenu.

LAVIOLETTE. J'étais loin de m'attendre à un accueil aussi bienveillant.

DUTAILLIS. Je n'aime pas les façons... on m'a écrit, j'ai reçu la lettre, je l'ai lue, elle m'a coûté six sous, on n'avait pas affranchi; on me dit tout le bien possible de vous, je vous accepte, et je crois que nous nous conviendrons... voilà comme je fais les choses! touchez là!... (*Il lui tend la main.*) Touchez donc!...

LAVIOLETTE, *étonné d'abord et se décidant à lui donner la main.* Monsieur... je suis enchanté... (*A part.*) Il a l'air d'un bon enfant!...

DUTAILLIS. Dites-moi, mon cher ami, avant toutes choses, êtes-vous d'une excellente santé?

LAVIOLETTE. Oui! ordinairement... dans ce moment ici, je suis un peu fatigué... (*Il tousse.*)

DUTAILLIS. Par le voyage? ça n'est rien...

vous paraissez fort bien constitué... (*Il lui frappe sur la poitrine.*

LAVIOLETTE. Pas mal.

DUTAILLIS. C'est ce que je désirais; votre état, je ne vous le demande pas, je le connais...

LAVIOLETTE, *Naturellement.*

DUTAILLIS. Vos mœurs, on m'en a parlé...

LAVIOLETTE, *à part.* Aïe!... aïe!...

DUTAILLIS. Elles sont très-satisfaisantes...

LAVIOLETTE. J'ai les meilleurs certificats. (*Il va pour fouiller à sa poche.*)

DUTAILLIS. Ils sont inutiles... votre âge?

LAVIOLETTE. Vingt-deux ans...

DUTAILLIS. Vingt-deux ans?...

LAVIOLETTE, *à part.* Je ne compte pas les années qui ont précédé ma première communion.

DUTAILLIS. L'âge est convenable... vos nom et prénoms?

LAVIOLETTE. Justin Laviolette.

DUTAILLIS, *riant.* J'aime assez la violette, surtout celle des bois... Avez-vous été vacciné?

LAVIOLETTE. Deux fois. (*A part.*) Quelle drôle d'interrogatoire!

DUTAILLIS. Tout est donc pour le mieux; regardez-vous dès ce moment comme étant de la maison. (*Lui tendant les bras.*) Allons... voyons... (*Il l'embrasse.*)

LAVIOLETTE, *étonné, se laissant faire.* Que de reconnaissance!...

DUTAILLIS. J'espère que vous vous plairez dans nos montagnes, l'air y est très-bon...

LAVIOLETTE. Il est un peu vif...

DUTAILLIS. Il est un peu vif; mais il est pur... Si vous n'avez pas déjeuné, il ne faut pas vous gêner, on vous mettra un couvert.... Allons, vous n'avez pas déjeuné, on va vous mettre un couvert... (*Le conduisant vers le guéridon de droite.*) Mais, donnez-vous donc la peine de vous asseoir.

LAVIOLETTE, *refusant.* Ah! Monsieur!...

DUTAILLIS, *le forçant à s'asseoir.* Asseyez-vous donc!... (*Il passe de l'autre côté du guéridon, prend une chaise et s'assied en face de Laviolette.*)

LAVIOLETTE (1). Une telle réception m'embarrasse... On m'avait bien vanté les montagnards pour leur hospitalité... surtout les Écossais... mais, j'étais loin de m'attendre que dans les Pyrénées...

DUTAILLIS. Vous vous moquez!... Ah çà! mon cher, il s'agit de ne pas perdre de temps, et de battre le fer pendant qu'il est chaud.

LAVIOLETTE. Battons-le; je suis prêt à entrer en fonctions.

DUTAILLIS, *riant.* En fonctions!... Ah! ah! ah! le mot est joli!

1 Lav. Dut.

LAVIOLETTE. Vous trouvez?

DUTAILLIS. Vous avez de l'esprit, je vois ça tout de suite...

LAVIOLETTE. Vous êtes bien bon...

DUTAILLIS. Mais, il faut vous mettre un peu au courant de notre manière de vivre...

LAVIOLETTE. Ça ne peut pas nuire...

DUTAILLIS. Voilà notre existence, je crois qu'elle vous conviendra... Nous nous levons de bonne heure, et nous nous couchons de même; nous déjeunons, nous dînons, nous goûtons, et nous soupons...

LAVIOLETTE. C'est une habitude fort douce...

DUTAILLIS. Ça fait quatre repas.

LAVIOLETTE. Ça me suffira.

DUTAILLIS. Entre les heures des repas, vous pourrez, si vous le voulez, aller visiter les environs qui sont fort jolis; ça active la digestion... Et, le soir, nous jouerons au piquet... Vous connaissez le jeu?

LAVIOLETTE. Fort bien; j'y suis même très-fort.

DUTAILLIS, *riant et lui frappant sur l'épaule.* Nous verrons ça!

LAVIOLETTE, *à part.* Ah çà! mais voilà une singulière place!...

DUTAILLIS. Je n'ai pas besoin de vous dire que vous pourrez prendre les eaux.

LAVIOLETTE. Je ne vous cache pas que j'en avais l'intention...

DUTAILLIS. Maintenant?

LAVIOLETTE. Maintenant...

DUTAILLIS, *se levant.* Chut!... (*Il va regarder à la porte de gauche et redescend. Laviolette se lève aussi, en suivant de l'œil tous les mouvements de Dutaillis; celui-ci se rapproche de lui et lui dit avec mystère* (1) : Maintenant, ce que je vous recommande avant tout, c'est de bien faire la cour à ma fille!...

LAVIOLETTE, *étonné, à part.* Comment!...

DUTAILLIS. Sans cela ça irait mal, je vous en préviens... c'est une petite personne un peu capricieuse, très-fantasque et très-volontaire... du reste, un caractère charmant!... et si vous ne réussissez pas à lui plaire...

LAVIOLETTE. Il faut me mettre dans ses bonnes grâces?...

DUTAILLIS. Naturellement... elle est un peu gâtée et j'obéis à tous ses caprices... c'est son excuse...

LAVIOLETTE. Je vous promets que je plairai à mademoiselle votre fille.

DUTAILLIS. Ce jour-ci, croyez-le bien, marquera dans les annales de ma vie! (*Il lui serre la main.*)

LAVIOLETTE. Monsieur... (*A part.*) Ah çà! est-ce qu'il aurait reçu un coup de marteau?

1 Dut. Lav.

SCÈNE V.

SUZETTE, DUTAILLIS, LAVIOLETTE.

SUZETTE, *entrant par le fond à gauche, à Dutaillis*. La chambre est préparée...

DUTAILLIS, *à Laviolette*. C'est votre chambre que j'ai fait préparer d'une manière confortable.

LAVIOLETTE. C'est vraiment trop d'attentions ! (*Il va chercher sa valise au fond.*)

DUTAILLIS, *bas, à Suzette*. Ton prétendu est charmant, charmant !... je vous laisse ensemble. (*Haut, à Laviolette.*) Restez ici... je vais porter votre valise... (*Il veut lui prendre la valise ; Suzette est retournée à ses fleurs.*)

LAVIOLETTE, *le retenant*. Monsieur, je ne souffrirai pas...

DUTAILLIS, *même jeu*. Voulez-vous bien lâcher !...

LAVIOLETTE, *même jeu*. Non, du tout...

DUTAILLIS, *même jeu*. Voulez-vous me fâcher ?

LAVIOLETTE, *lâchant la valise*. Je vous laisse faire...

DUTAILLIS, *à Suzette*. Suzette, tu lui serviras une petite collation...

LAVIOLETTE, *à part*. C'est la servante sans doute... (*La regardant.*) Eh ! Eh !...

DUTAILLIS, *à Laviolette*. Nous avons un restant de pâté de Chartres, qui nous a été envoyé de Strasbourg par un ami d'Amiens.

LAVIOLETTE, *riant, à part*. Diable !... il a fait du chemin.

DUTAILLIS, *bas, à Laviolette*. Je vous laisse... soyez galant... soyez très-galant... (*Il lui désigne Suzette.*)

LAVIOLETTE, *à part*. Avec la bonne aussi ?...

DUTAILLIS, *bas*. Et même dérobez un baiser... je vous y autorise... heureux coquin !... (*Suzette remonte et passe à droite.*)

LAVIOLETTE, *à part*. Je n'y comprends rien du tout !...

DUTAILLIS. J'emporte votre valise dans votre chambre.

ENSEMBLE (1).

Air : *Pour mon amour, j'espère*. (Trois Visites.)

DUTAILLIS, *à part*.
Pour leur amour, j'espère,
Un heureux dénoûment ;
Laissons-les, en bon père,
Sans témoins un moment.

LA VIOLETTE, *à part*.
Ma foi ! la bonne affaire !
On jurerait vraiment
Que je suis venu faire
Un voyag' d'agrément.

1 Dut. Lav. Suz.

SUZETTE, *à part*.
Aisément, je l'espère,
Je saurai dans l'instant
Si, comm' le dit mon père,
Mon futur est charmant.

(*Dutaillis sort par le fond, à gauche ; Laviolette le reconduit jusqu'à la porte.*)

SCÈNE VI.

LAVIOLETTE, SUZETTE.

LAVIOLETTE, *étonné, s'asseyant à gauche, à part*. Voilà une réception comme on ne m'en a jamais fait nulle part ! (*Il époussète ses bottes avec son mouchoir.*)

SUZETTE, *à part*. Sachons un peu quel homme est mon prétendu. (*Se retournant, et voyant Laviolette assis.*) Tiens !...

LAVIOLETTE, *à part, la regardant*. Mademoiselle Suzette est charmante !... minois chiffonné... morceau très-friand ! Diable ! elle fait tort à sa maîtresse.

SUZETTE, *s'approchant de lui*. Eh bien, Monsieur, êtes-vous satisfait de votre voyage, et n'avez-vous aucun regret de l'avoir entrepris ?

LAVIOLETTE, *légèrement*. Ma foi, ma chère enfant, je serais bien difficile, si je n'étais pas satisfait !...

SUZETTE, *à part*. Sa chère enfant !

LAVIOLETTE. On est reçu ici d'une manière ébouriffante ! et de plus j'ai le bonheur de rencontrer le minois le plus fripon...

SUZETTE. Quel minois ?

LAVIOLETTE, *se levant*. Eh ! parbleu ! le tien qui affriolerait le cœur le plus endurci !...

SUZETTE, *à part*. Il me tutoie ?... (*Haut.*) Monsieur !... ce ton...

LAVIOLETTE. Comment !... des manières entre nous ?... faut-il tant de façon pour dire à une jolie fille comme toi qu'elle vous plaît et qu'on l'aime ?

SUZETTE, *à part*. Quel genre !

LAVIOLETTE. Laviolette sait mener rondement les affaires, et n'a jamais rencontré de cruelles ; ainsi, ma chère amie, tiens-toi bien sur tes gardes !...

SUZETTE, *à part*. Oh ! tant de fatuité !...

LAVIOLETTE. Puisque nous sommes destinés à vivre ensemble, rien ne nous empêche de nous adorer. (*Il veut lui prendre la taille.*)

SUZETTE, *reculant*. Encore une fois, Monsieur, vous m'offensez avec de pareils discours !

LAVIOLETTE. De la pruderie !... allons donc ! mon intention n'est pas de te faire de la peine, ma belle enfant, au contraire ; mais pourquoi faire ainsi la cruelle ?

Air de *M. J. Nargeot.*

Ce petit air boudeur
Excite mon ardeur...
Je serai ton amant !

SUZETTE.

C'est par trop offensant !

ENSEMBLE.

LA VIOLETTE.

Je serai ton amant...
Ça n'a rien d'offensant. *(bis.)*

SUZETTE, *à part.*

Il sera mon amant...
C'est par trop offensant : *(bis.)*

LAVIOLETTE.

Oui, je sens que mon âme
Brûle soudainement...
Pour toi mon cœur s'enflamme...

SUZETTE.

Par trop subitement.

LAVIOLETTE.

Je veux de mon épouse
T'offrir ici le rang.

SUZETTE.

Je n'en suis pas jalouse.

LAVIOLETTE.

Mais c'est un sort charmant,
Qui te convient, ma chère,
Puisqu'on vit autrefois
Mainte et mainte bergère,
Sans façon épouser des rois.

SUZETTE, *remontant à gauche.*

De ce pas je vous quitte...

LAVIOLETTE, *la retenant* (1).

En laissant un baiser...
(Il veut l'embrasser.)

SUZETTE, *le repoussant.*

Vous allez par trop vite...

LAVIOLETTE.

En vain tu veux le refuser.
Il veut encore l'embrasser ; elle lui échappe.)

ENSEMBLE.

SUZETTE, *à part.*

Son audace m'irrite !
De crainte et de fureur
Je sens battre mon cœur !
Vraiment c'est une horreur !
De crainte et de fureur
Je sens battre mon cœur.

LAVIOLETTE, *à part.*

Ah ! son refus m'irrite !
Et je sens dans mon cœur
Naître, par sa rigueur,
Une plus vive ardeur !
Oui, je sens dans mon cœur
Une plus vive ardeur !

SUZETTE, *à part.* Oh !... je suis indignée !...

LAVIOLETTE. Diable ! diable ! sa résistance me
stimule encore !

1 Suz. Lav.

SCÈNE VII.

LES MÊMES, DUTAILLIS.

DUTAILLIS, *entrant par la droite* (1). Ah !...
votre couvert est mis dans la salle à manger...
Venez donc déjeuner, mon cher Tubéreuse...

LAVIOLETTE. Pardon... c'est Laviolette, qu'on
m'appelle.

DUTAILLIS. Laviolette, soit... votre déjeuner
vous attend... J'ai mis moi-même votre couvert.

LAVIOLETTE, *à part.* C'est lui qui me sert !

DUTAILLIS, *bas, à Suzette.* Comment le trouves-
tu ?... hein ?

SUZETTE, *bas.* Insupportable...

DUTAILLIS, *de même.* Comment ?

SUZETTE, *de même.* Fat et impertinent... Je le
déteste, et ne l'épouserai jamais ! *(Elle sort par
la gauche.)*

DUTAILLIS, *de même.* Fichtre !...

LAVIOLETTE, *à part, voyant Suzette s'éloigner,
et la suivant jusqu'à la porte* (2). Oh ! soubrette,
ma mie, tu m'as piqué au jeu... mais je t'appri-
voiserai !...

DUTAILLIS, *à part.* Sa réponse m'a déplu... je
suis vexé... voilà qui est fort mauvais !

SCÈNE VIII.

LES MÊMES, URSULE.

URSULE, *entrant par le fond-milieu, une lettre
à la main, à part, en voyant Laviolette* (3).
Ciel !... encore ce jeune homme ici !... Ah !... je
suis toquée, mon Dieu ! je suis toquée ! *(Elle
tend sa lettre à Dutaillis, en regardant toujours
Laviolette.)*

DUTAILLIS. Hein ?... quoi ?... Qu'est-ce que
c'est ?...

URSULE. C'est... c'est encore une lettre qui
vient de Paris, par la poste. *(Dutaillis prend la
lettre, et elle passe à gauche, en ne quittant pas
Laviolette des yeux.)*

DUTAILLIS (4). Qu'est-ce qui peut encore m'é-
crire ?... (*A Laviolette.*) Allez toujours déjeuner,
mon cher Capucine...

LAVIOLETTE. Laviolette !...

DUTAILLIS. C'est ce que je voulais dire... Allez
toujours... je vous rejoins bientôt, car nous avons
à causer sérieusement... Allez ! allez !... (*Il le fait
passer à droite.*)

LAVIOLETTE, *à part* (5). Voilà une place bien
commode ! (*Il sort par la droite.*)

1 Suz. Dut. Lav.
2 Lav. Dut.
3 Lav. Urs. Dut.
4 Urs. Lav. Dut.
5 Urs. Dut. Lav.

URSULE, *à part, voyant Laviolette s'eloigner.* Je suis pincée !... Je n'en réchapperai pas !...

DUTAILLIS, *lisant la lettre.* Ah ! c'est du bureau de placement ! C'est ce domestique...

URSULE. Il arrive ?...

DUTAILLIS. On me l'annonce... il doit suivre la présente par la diligence... (*On entend sonner en dehors.*)

URSULE. On sonne?

DUTAILLIS. Va ouvrir... C'est lui peut-être !...

URSULE. J'y cours ! (*Elle sort par le fond-milieu.*)

DUTAILLIS, *seul.* Je suis vraiment contrarié... car j'avais compté depuis longtemps, j'avais même noté sur mes tablettes que ce jour serait le plus agréable de ma vie, et voilà ma fille qui fait des siennes !... Il faut que j'éclaircisse cela à l'instant même... (*Il remonte vers la droite.*)

URSULE, *revenant par le fond-milieu* (1). C'est lui, Monsieur !...

DUTAILLIS. Bon ! bon !... je reviens tout à l'heure... reçois-le en m'attendant. (*A part.*) Une union dans laquelle j'avais mis toutes mes espérances !... Oh ! les jeunes filles ! les jeunes filles !... (*Il sort par la droite.*)

⁓⁓⁓⁓⁓⁓⁓⁓⁓⁓⁓⁓⁓⁓⁓

SCÈNE IX.

GALUCHET, URSULE.

GALUCHET, *entrant par le fond-milieu, un petit paquet à la main.* Monsieur Dutaillis, s'il vous plaît ?

URSULE, *brusquement.* Je vous ai déjà dit que c'était ici !... (*A part.*) A-t-il l'air bête !...

GALUCHET, *à part.* Dieu !... la belle personne !... (*Haut.*) Monsieur Dutaillis, s'il vous plaît ?

URSULE, *avec importance.* Puisqu'on vous dit qu'il va venir, attendez-le un instant...

GALUCHET, *à part.* La divine créature ! (*Haut.*) Je vous demanderai la permission, Mademoiselle, de déposer quelque part mon petit paquet... (*Il remonte.*)

URSULE, *passant à gauche* (2). Déposez-le où vous voudrez... (*A part.*) Qu'il a donc l'air niais, mon Dieu !... Si c'est le garçon qui doit m'étayer !...

GALUCHET, *redescendant sans avoir posé son paquet.* Mademoiselle est sans doute la fille... de...

URSULE, *brusquement.* Parbleu ! je ne suis pas un garçon !

GALUCHET, *à part.* Ducerceau me l'avait bien dépeinte... (*Haut.*) J'arrive de Paris, Mademoi-

1 Urs. Dut.
2 Urs. Gal.

selle... et je viens avec l'intention de... jointe à l'espérance qui... se rattachera à l'espoir que...

URSULE, *avec importance.* C'est avec M. Dutaillis qu'il faudra vous en expliquer.

GALUCHET, *vivement.* Ah ! j'attends ce moment avec la plus vive ardeur !

URSULE, *lui riant au nez.* Ah ! ah ! ah ! (*A part, en passant à droite* (1). Il est trop cornichon !... (*Riant encore.*) Ah ! ah ! ah !... (*A part, en remontant.*) Allons me livrer à mes rêveries en épluchant mes carottes ! (*Elle sort par le fond à droite, en riant aux éclats.*)

GALUCHET, *seul.* Elle est imposante, mais gaie... C'est égal, c'est une belle fille !... et je sens déjà que je l'adore !... (*Tout en disant cela, il a posé son paquet sur une chaise au fond, à droite de la porte du milieu.*)

⁓⁓⁓⁓⁓⁓⁓⁓⁓⁓⁓⁓⁓⁓⁓

SCÈNE X.

SUZETTE, GALUCHET.

SUZETTE, *entrant par la gauche, à part.* Ah ! voilà ce nouveau domestique.

GALUCHET, *à part.* Quelle est celle-ci ?

SUZETTE, *à Galuchet.* Vous venez d'arriver, m'a-t-on dit, mon ami ?

GALUCHET. A l'instant même. (*A part.*) Son ami !... Elle m'impose moins que l'autre.

SUZETTE, *à part.* Il a une bonne figure. (*Haut.*) Vous avez trouvé facilement la maison ?

GALUCHET. Je n'ai eu qu'à demander le *Lapin blanc...* on me l'a enseigné tout de suite.

SUZETTE. Voulez-vous vous rafraîchir un peu ?

GALUCHET. Merci bien, je n'ai pas soif.

SUZETTE. J'espère que vous vous plairez chez nous... M. Dutaillis est bon et généreux avec ses gens...

GALUCHET, *à part.* Je vois ce que c'est... c'est la servante... j'ai un coup d'œil !.. (*Haut.*) Quand on est bon pour les domestiques, on est bon pour tout le monde.

SUZETTE. C'est vrai !...

GALUCHET. Mais ce n'est que justice ; on est assez malheureux déjà de servir chez les autres ! et il y a bien des domestiques qui sont au dessus de leur condition...

SUZETTE. Oh ! oui !...

GALUCHET, *à part.* Je dis ça pour elle. (*Haut.*) Ça se voit tout de suite.

SUZETTE, *à part.* Aurait-il éprouvé des malheurs?

GALUCHET, *à part.* On dit que les jeunes bonnes ont l'oreille de leurs maîtres... il faut flatter celle-ci.

1 Gal. Urs.

SUZETTE, *à part.* Sous ces habits mal faits perce un air de distinction !...

GALUCHET. Nous ne savons pas ce que le sort nous réserve... aujourd'hui on est maître, demain on est domestique... ou nourrice...

SUZETTE. Je vois que vous savez compatir aux malheurs d'autrui.

GALUCHET. Je n'ai jamais pu voir pleurer un veau !... de malheureuses bêtes à qui on ne donne pas même le temps de connaître leurs parents... c'est barbare !...

SUZETTE, *à part.* Du cœur ! de la sensibilité !... il m'intéresse vivement ! (*Haut.*) Est-ce que votre famille aurait connu l'aisance ?...

GALUCHET. Mon père a même fait une fortune assez *conséquente* dans la moutarde de Dijon !...

SUZETTE, *à part.* Il aura tout reperdu en prenant des actions de la Société gastronomique. Voilà comme les belles positions s'évanouissent !

GALUCHET. Mais la fortune ne fait pas toujours le bonheur...

SUZETTE. Hélas !...

GALUCHET. Et, dans ce moment-ci, le mien consisterait à être bien reçu céans...

SUZETTE. Vous le serez, je vous le promets; je parlerai pour vous, je vous appuierai...

GALUCHET. Vrai ?... vous auriez cette bonté ?...

SUZETTE. M. Dutaillis m'écoute beaucoup...

GALUCHET, *à part.* Elle a l'oreille... j'en étais sûr !

SUZETTE, *à part.* Ce garçon-là me plaît infiniment !... (*On entend la voix de Dutaillis.*) Voici M. Dutaillis. Je vous quitte. (*Elle sort par la gauche.*)

GALUCHET, *à part.* J'ai bien fait de m'ouvrir à elle.

꞉꞉

SCÈNE XI.

GALUCHET, DUTAILLIS.

DUTAILLIS, *entrant par la droite, à part.* Mon gendre ne sait pas du tout ce que ça veut dire... il n'a échangé que deux mots avec ma fille... il n'a donc pu lui déplaire...

GALUCHET. Monsieur, j'arrive de Paris...

DUTAILLIS, *légèrement.* Ah! c'est toi! c'est très-bien... je sais ce que c'est.

GALUCHET, *à part.* Il me tutoie ?... c'est de bon augure.

DUTAILLIS. Tu m'es annoncé... je t'accepte, c'est convenu.

GALUCHET, *à part.* Tiens! mais ça marche comme sur des roulettes!

DUTAILLIS. Comment t'appelles-tu ?

GALUCHET. On me nomme Galuchet.

DUTAILLIS. Galuchet ?... ce nom est incolore et se grave mal dans la mémoire... Tu t'appelleras François...

GALUCHET, *à part.* Comment! il me débaptise? (*Haut.*) Va pour François!... ce nom me convient... il a même joui de quelque célébrité... nous avons eu François Iᵉʳ, François les Bas Bleus, et j'ai lu un livre qui s'appelle l'*Histoire du peuple François*....

DUTAILLIS, *à part.* Il paraît avoir quelque érudition... ça ne nuit jamais... (*Haut.*) Eh bien, François les bas... (*Se reprenant.*) François, mon ami, tu vas te mettre tout de suite à la besogne.

GALUCHET. A quelle besogne ?...

DUTAILLIS. Eh bien ! à celle que tu viens faire ici !...

GALUCHET. Comment !... à celle que... (*Riant.*) Ah !... ah !... ah !... ah !... ah !... ah !...

DUTAILLIS, *avançant sur lui et le faisant reculer.* Apprenez, bélître, qu'il n'est pas convenable de rire au nez des gens!

GALUCHET, *étonné* (1). Bélître !...

DUTAILLIS. Rien n'est plus indiscret.

GALUCHET, *à part.* Je ne peux pourtant pas épouser sa fille au débotté!

DUTAILLIS. Mais d'abord, qu'est-ce que tu sais faire?

GALUCHET. Ce que je sais faire?

DUTAILLIS. Oui !...

GALUCHET. Dame! je sais faire bien des choses... d'abord, je joue de la serinette.

DUTAILLIS, *avec ironie.* Joli talent! et qui te sera bien utile! Sais-tu battre les habits, mettre le vin en bouteilles?.. Sais-tu.... (*Il fait le mouvement d'un homme qui frotte.*)

GALUCHET, *faisant le même mouvement et sans comprendre.* Non... je ne sais pas...

DUTAILLIS, *impatienté.* Sais-tu frotter les appartements?...

GALUCHET, *étonné.* Frotter les... J'avoue qu'on a un peu négligé cette partie de mon éducation... mais il ne me paraît pas essentiel...

DUTAILLIS. Que veux-tu donc savoir faire?... Danser sur la corde?... Comme on élève la jeunesse, mon Dieu! (*A part.*) Il n'est propre à rien... je suis enfoncé... mais j'en ai besoin... (*Haut.*) Sais-tu au moins faire un peu de cuisine?

GALUCHET. Mais, pour ce qui est de la cuisine... je fricotte assez bien une omelette...

DUTAILLIS, *à part.* Ils savent tous faire une omelette !... j'étais sûr qu'il allait me répondre ça !... Enfin, ça peut servir dans les moments de presse... (*Haut et allant appeler au fond.*) Ursule !... Ursule !... (*Galuchet passe à gauche.*)

4 Dut. Gal.

SCÈNE XII.

GALUCHET, DUTAILLIS, URSULE, *puis*
SUZETTE.

URSULE, *arrivant par le fond à droite.* Qu'est-ce que vous voulez?...

DUTAILLIS. Où est ma vieille veste de nankin que je ne mets plus?

URSULE. Est-ce que je sais?...

DUTAILLIS, *allant à la porte de gauche* (1). Suzette!... Suzette!...

SUZETTE, *en dehors.* Qu'est-ce qu'il y a?...

DUTAILLIS, *criant.* Apporte-moi ma veste de nankin!

SUZETTE, *en dehors.* Votre veste de nankin?...

DUTAILLIS. Oui! (*Venant à Galuchet.*) Ote ton habit.

GALUCHET, *étonné.* Comment!... que j'ôte mon habit!... (*Il ôte son habit et le jette sur la chaise où est son paquet.*)

SUZETTE, *entrant par la gauche et apportant la veste de nankin* (2). La voici!

DUTAILLIS, *prenant la veste et la jetant à Galuchet.* Tiens, endosse cela... ça lui ira parfaitement... (*Il disparaît un moment par la petite porte qui est à gauche, au premier plan.*)

GALUCHET, *à part.* Il me donne sa veste.... au fait, à la campagne, il faut être à son aise... (*Il met la veste qui lui est beaucoup trop grande.*)

DUTAILLIS, *revenant, une paire de bottes à la main* (3). On dirait qu'elle a été faite exprès pour lui... (*Présentant les bottes à Galuchet.*) Maintenant tu vas aller cirer mes bottes...

GALUCHET, *à part.* Ah çà! mais je prend donc un gendre pour en faire un domestique? (*Haut.*) Monsieur, s'il faut vous parler net, je ne suis pas fier; mais je ne suis pas habitué....

DUTAILLIS. Qu'est-ce que c'est?... il rechigne déjà?...

GALUCHET. Descendre à des soins aussi abjects!....

SUZETTE, *à part.* Pauvre garçon! (*Elle s'approche un peu.*)

DUTAILLIS. Alors, rends-moi ma veste, animal, et reprends bien vite la diligence!.... (*Suzette descend vivement entre Dutaillis et Galuchet.*)

GALUCHET, *à part, regardant Ursule* (4). Ah! si je n'adorais pas sa fille!...

SUZETTE, *bas à Galuchet.* Cédez-lui!... (*Haut à Dutaillis.*) Il va les cirer.

DUTAILLIS, *passant près de Galuchet* (5). Alors qu'il garde ma veste et qu'il aille à la cuisine.... (*Il lui présente les bottes.*)

1 Dut. Gal. Urs.
2 Suz. Gal. Urs.
3 Suz., *au deuxième plan*, Dut. Gal. Urs.
4 Dut. Suz. Gal. Urs.
5 Suz. Dut. Gal. Urs.

GALUCHET, *prenant les bottes, à part.* Quelle humiliation! (*Bas à Ursule, avec passion.*) C'est pour vous, Mademoiselle!!! C'est pour vous!!!

URSULE, *étonnée, à part.* Qu'est-ce qu'il a donc cet imbécile-là?...

SCÈNE XIII.

LES MÊMES, LAVIOLETTE, *entrant par le fond-milieu en fumant un cigarre.*

LAVIOLETTE, *à part.* Après le déjeuner un cigare est une excellente chose pour la digestion. (*Il reste au deuxième plan.*)

DUTAILLIS, *à part, apercevant Laviolette.* Mon gendre! (*Haut à Galuchet.*) Allons! va vite cirer mes bottes... et qu'elles soient bien luisantes.

LAVIOLETTE, *à part.* Tiens! un autre domestique? (*Ursule remonte et passe à gauche, en examinant Laviolette.*)

GALUCHET, *à part.* O amour! amour! c'est l'humiliation de l'abjection! (*Il remonte en emportant les bottes; il en a une à chaque bras et les lève au ciel en poussant ses exclamations.*)

SUZETTE, *allant à Galuchet, et lui montrant la porte du fond, à droite* (1). La cuisine est par ici... (*Galuchet sort par le fond à droite, Suzette va pour le suivre.*)

DUTAILLIS, *bas à Suzette, l'arrêtant* (2). Vous, restez avec votre prétendu, Mademoiselle!...

SUZETTE. Plus souvent!...

DUTAILLIS, *étonné.* Plus souvent!...

SUZETTE, *a part.* Allons le consoler. (*Elle sort par le fond, à droite.*)

DUTAILLIS, *à part* (3). Voilà qui va mal, fort mal!...

URSULE, *à part, en regardant Laviolette.* Ah! l'amour distille son poison dans mon cœur!... (*Elle sort par le fond-milieu.*)

SCÈNE XIV.

LAVIOLETTE, DUTAILLIS.

DUTAILLIS, *à part.* Ma fille s'éloigne, en me répondant: plus souvent! (*Haut, à Laviolette.*) Je suis vraiment peiné, désolé, mon cher Giroflée!...

LAVIOLETTE. Laviolette!... Rappelez-vous une infusion de violettes?... c'est bien facile!...

DUTAILLIS, *faisant un nœud à son mouchoir.* Tenez... je m'en souviendrai... je suis vraiment peiné et profondément affecté, ma fille ne paraît pas avoir du tout de goût pour vous.

1 Lav. Urs., *au fond*, Suz. Gal.
2 Lav. Urs., *au fond*, Dut. Suz. Gal.
3 Lav. Urs., *au fond*, Dut. Suz.

LAVIOLETTE, *étonné.* Votre fille ?...

DUTAILLIS. Je m'attendais à la plus suave harmonie, et je crois assister à un concert où j'entonnerais : *Mon cœur soupire*, pendant que vous chanteriez : *Au clair de la lune, mon ami Pierrot...* Voyez-vous l'affreuse discordance ? La voyez-vous ?...

LAVIOLETTE. Elle serait épouvantable !

DUTAILLIS. Voilà pourtant ce qui se passe dans mon cœur !... En vous donnant la main de ma fille, je croyais aller au devant de ses plus chers désirs...

LAVIOLETTE, *stupéfait.* La main de votre fille ?

DUTAILLIS. Oui... c'était là le rêve de ma vie, mon cher Coquelicot...

LAVIOLETTE, *à part.* Allons, bon ! Coquelicot...

DUTAILLIS. Ma fille a eu hier dix-huit ans à minuit trois minutes, et ces mains, ces propres mains que voilà étaient destinées à bénir aujourd'hui son existence et la vôtre !...

LAVIOLETTE, *à part.* C'est une nouvelle toquade !... demain, il me flanquerait à la porte... attends... attends... (*Haut.*) Monsieur, la reconnaissance me ferme la bouche... Je vois que je vous ai inspiré un intérêt qui me flatte autant qu'il m'honore... mais je suis honnête homme, et je ne puis accepter la main de Mademoiselle votre fille...

DUTAILLIS. Qu'ouïs-je ?... pourquoi ce refus ?...

LAVIOLETTE. Parce que je sens que je ne ferais pas son bonheur... et je dois vous en faire l'aveu...

DUTAILLIS. Un aveu ?...

LAVIOLETTE. Les sentiments ne se commandent pas... je suis épris...

DUTAILLIS. Épris ?...

LAVIOLETTE. De votre servante !

DUTAILLIS, *avec éclat.* Bonté divine ! qu'entends-je ? il aime ma servante !... Ah ! Monsieur ! Monsieur !... quel scandale !... apporter le désordre et l'inconduite dans ma maison !

LAVIOLETTE. Mais je ne vois pas...

DUTAILLIS, *indigné.* Il aime ma servante !...

LAVIOLETTE. Du moment que vous m'offrez la main de Mademoiselle votre fille, je puis bien aimer votre servante...

DUTAILLIS. Assez ! Monsieur !... assez !... cachez à tous les yeux cette passion honteuse, et que personne ne la connaisse !...

LAVIOLETTE. En quoi honteuse ?

DUTAILLIS. Il aime ma servante !...

LAVIOLETTE, *s'approchant de lui.* Mes intentions sont pures...

DUTAILLIS, *passant à gauche* (1). Laissez-moi Monsieur, laissez-moi tout seul !... j'ai besoin de réfléchir à la ligne de conduite que je dois tenir. (*Il repasse à droite.*)

LAVIOLETTE, *le suivant* (1). Rien n'est plus naturel pourtant...

DUTAILLIS. Si quelqu'un me demande, on répondra que je réfléchis à la ligne de conduite que je dois tenir...

LAVIOLETTE. Mais, Monsieur !...

DUTAILLIS, *repassant à gauche.* Allez, Monsieur, allez !... (*Il s'assied à gauche.*)

LAVIOLETTE, *à part* (2). Ma foi, je crois, que quelques douches lui seraient nécessaires. (*Il sort par le fond-milieu.*)

~~~~~~~~~~~~~~~~~~~~~~~~~~~~~~~~~~~

SCÈNE XV.

DUTAILLIS, *puis* SUZETTE.

DUTAILLIS, *seul, assis.* Ma fille n'aime pas mon gendre, et mon gendre aime ma servante !... voilà mes idées qui se bouleversent... je me perds dans un abîme de perplexités !...

SUZETTE, *entrant par le fond à droite, à part* (3). Il est seul... allons... (*Haut et descendant la scène.*) Mon père, je voudrais...

DUTAILLIS, *à part.* Il aime ma servante !...

SUZETTE, *timidement.* Mon père...

DUTAILLIS, *relevant la tête.* Hein?... Quoi?...

SUZETTE. Mon père... j'ai un aveu à vous faire...

DUTAILLIS, *se levant tout d'un coup.* Encore un aveu !...

SUZETTE. Je désire m'expliquer avec vous franchement, et vous parler à cœur ouvert.

DUTAILLIS, *allant à elle.* Et qu'as-tu à m'apprendre, malheureuse enfant, quand mes idées se bouleversent ?

SUZETTE, *avec hésitation.* Je ne voudrais pas vous causer de la peine ! mais, en me mariant, il y va du bonheur de toute ma vie ; je serais donc coupable de ne pas tout vous avouer avec franchise : je n'aime pas mon prétendu...

DUTAILLIS, *avec anxiété.* Eh bien !... après ?...

SUZETTE. Les sentiments ne se commandent pas... et je crois... que j'aime...

DUTAILLIS, *de même.* Tu aimes ?...

SUZETTE, *avec effort.* Votre domestique !...

DUTAILLIS, *bondissant.* Ah ! malédiction et damnation !... voilà ma fille qui aime mon domestique à présent !... Tout est bouleversé dans la nature !... Et, pourquoi, malheureuse, aimes-tu mon domestique ?

SUZETTE, *simplement.* Dame... parce qu'il a su me plaire !...

SCÈNE XVII.

DUTAILLIS. Je ne puis ajouter foi à de pareilles monstruosités!... quelle honte pour nous!... (*La prenant violemment par la main.*) Sais-tu bien que nous sommes trente-sept mâles et presque autant de femelles dans notre famille, et que nous ne comptons pas une seule mésalliance!..

SUZETTE. Mais, mon père, vous avez dit tantôt : « Je donnerais ma fille au fils de mon portier... »

DUTAILLIS. J'ai parlé de mon portier... mais je n'ai pas parlé de mon domestique!... Ah! je sens mes idées qui s'embrouillent tout à fait, et mon esprit fait des soubresauts les plus inquiétants ! (*Galuchet entre par le fond, à droite, avec un tablier de cuisine.*)

SCÈNE XVI.

LES MÊMES, GALUCHET.

GALUCHET, *rapportant les bottes* (1). Elles sont cirées, et je crois m'en être tiré avec honneur.

DUTAILLIS, *allant à lui, avec colère, le saisissant au collet, et lui faisant descendre la scène* (2). Ah!... arrive ici, misérable!... et réponds-moi... Qu'as-tu fait de ma confiance?... et comment as-tu reconnu mes bienfaits?...

GALUCHET, *étonné.* Vos bienfaits?... parce que vous m'avez fait cirer vos bottes?... (*Il les lui tend.*) Reprenez-les, vos bienfaits... Je n'en veux plus!...

DUTAILLIS. Je t'admets dans mon giron... et tu m'en récompenses en séduisant mon enfant?

GALUCHET, *avec passion.* O ciel! qu'entends-je?... (*Il chante, en élevant les bottes en l'air.*)

« Il est donc sorti de son âme
« Ce secret qui fait mon bonheur!...

DUTAILLIS, *lui arrachant les bottes.* Et tu as le front de chanter encore dans un pareil moment?...

GALUCHET. Mais, je l'aime aussi, votre fille!... Je l'adorais en silence!...

SUZETTE, *à part.* O bonheur!

DUTAILLIS, *avec indignation.* Il l'avoue!... (*Il jette les bottes au fond.*)

GALUCHET, *solennellement.* Et j'ai l'honneur de vous demander sa main...

DUTAILLIS. Voilà ma réponse, tiens! (*Il lui donne un coup de pied dans le derrière.*)

GALUCHET. Oh!...

SUZETTE, *à part.* Ciel!... des voies de fait!...

GALUCHET, *à part, douloureusement.* Ah! ça m'a été au cœur ! (*Furieux, à Dutaillis.*) Monsieur!... cette manière de refuser les gens, n'est

1 Dut. Suz. Gal.
2 Suz. Dut. Gal.

pas celle d'un loyal gentilhomme!... (*Dutaillis lui tourne le dos, parle bas à Suzette. Ursule entre par le fond, à droite.*)

SCÈNE XVII.

LES MÊMES, URSULE.

URSULE, *à part.* Oui, M. Dutaillis saura tout!... ma position est trop équivoque...

GALUCHET, *bas, à Ursule.* Ah! Mademoiselle!... si vous connaissiez sa réponse...

URSULE, *à part, étonnée.* Qu'est-ce qu'il dit?

DUTAILLIS, *à Galuchet.* J'espère m'être suffisamment fait comprendre?... Tu vas reprendre ton paquet, y joindre ma malédiction, et filer sur-le-champ vers Paris.

SUZETTE, *à part.* Plus d'espoir!

GALUCHET, *avec dignité.* Je repars; mais auparavant, je me donnerai la satisfaction de vous dire que vous n'êtes qu'un paltoquet!

DUTAILLIS. Tu m'insultes?... Tiens ! (*Il lui donne un second coup de pied.*)

GALUCHET. Oh!

SUZETTE, *à son père.* Grâce pour ce pauvre garçon !...

GALUCHET, *à Dutaillis, qui se retourne vers sa fille.* Monsieur! si je le souffre... (*Bas, à Ursule.*) C'est pour vous, Mademoiselle!... c'est pour vous!

URSULE, *à part.* Pour moi?

GALUCHET, *à part.* Amour! amour!... je suis déshonoré!...

ENSEMBLE.

Air de *Renaudin de Caen.* (Final du premier acte.)

DUTAILLIS ET GALUCHET.
Fureur (*bis.*)
SUZETTE ET URSULE.
Horreur ! (*bis.*)
DUTAILLIS ET SUZETTE.
Sans répliquer, il faut de ce séjour
Qu'il sorte à l'instant même,
S'il veut de ${ma \atop sa}$ fureur extrême
Ne pas éprouver le retour.
Qu'il sorte enfin de ce séjour!
URSULE.
Que s'est-il donc passé dans ce séjour?
Il part à l'instant même ;
Grand Dieu! de sa fureur extrême
Il doit redouter le retour!
Il doit sortir de ce séjour.
GALUCHET.
Sans dire un mot, je veux, de ce séjour,
Sortir à l'instant même ;
J'abandonne celle que j'aime :
Ne comptez pas sur mon retour !

GALUCHET, *reprenant sur la chaise, au fond, son habit et son paquet.* J'emporte mon paquet.

DUTAILLIS, *lui donnant un troisième coup de pied.*) Tiens!... emporte ça avec!... (*Galuchet sort par le fond-milieu.*)

DUTAILLIS, *à Suzette.* Et vous, Mademoiselle, allez vous cacher dans votre chambre!

SUZETTE. Mais, mon père...

DUTAILLIS. Ma gravité m'oblige à ne vous revoir de ma vie!...

SUZETTE, *à part, en s'en allant.* Ah! que les pères sont donc barbares!... (*Elle sort par la gauche.*)

SCÈNE XVIII.

DUTAILLIS, URSULE.

DUTAILLIS, *s'approchant d'Ursule.* Ah! Ursule! il se passe ici des choses bien pitoyables... (*Il l'embrasse.*)

URSULE. Vraiment, Monsieur?...

DUTAILLIS. Les passions les plus désordonnées s'y déchaînent sans motif comme sans excuse!

URSULE, *à part.* Connaîtrait-il déjà mon amour?

DUTAILLIS. Le sort m'éprouve cruellement, et il n'y a plus que toi seule qui me reste... (*Il veut l'embrasser.*)

URSULE, *le repoussant et baissant les yeux.* Ne m'embrassez pas, Monsieur!... je suis indigne de votre amitié!...

DUTAILLIS. Comment?

URSULE, *avec horreur.* Apprenez...

DUTAILLIS. Quoi?

URSULE, *de même.* Que je brûle d'amour...

DUTAILLIS. D'amour?...

URSULE. Pour...

DUTAILLIS. Pour?...

URSULE. Pour votre gendre!...

DUTAILLIS, *au comble de l'exaspération.* Ah!... (*Il lève les bras comme pour maudire Ursule qui courbe la tête; puis il passe à droite (1).* Justice des hommes!... tous les désordres du cœur humain!... je suis perdu!... tout est perdu!... nous sommes tous perdus!... (*Il s'assied près du guéridon.*)

URSULE, *éperdue.* Chassez-moi, Monsieur!... donnez-moi mon compte, je vais vous faire celui de votre argenterie... mais je ne reste pas ici un instant de plus; je ne veux pas y devenir la cause d'horribles catastrophes!...

DUTAILLIS, *furieux, se levant.* Je fais maison nette!... Je ne veux plus te voir, car, en vérité, si je ne me retenais... (*Il lève la main.*) Mais il y

1 Suz. Dut. Urs.
2 Urs. Dut.

a des violences qui répugnent... (*Passant à gauche.*) Va-t'en!... va-t'en!... (*Il s'assied à gauche.*) Va-t'en!... va-t'en!...

URSULE, *s'en allant désolée, à part (1).* Ah! que les cœurs sensibles sont donc à plaindre! (*Elle sort par le fond, à droite.*)

SCÈNE XIX.

DUTAILLIS, *seul, assis et accablé.* Ma tête déménage tout à fait, et j'ai besoin de me recueillir... récapitulons : mon gendre aime mon domestique... non, ce n'est pas ça!... Ma servante me demande la main de ma fille... ce n'est pas encore ça!... mon domestique veut m'épouser... non!... ah!... j'en deviendrai fou!...

Air : *Muse des bois.*

Comment sortir de cet affreux dédale,
Et conjurer tant d'effroyables maux?
Je vois déjà leur cohorte fatale,
Je vois chez moi tous les dieux infernaux!...
(*Il se lève sur la ritournelle.*)
Car, si mon gendre épousait ma servante,
Et si ma fille épousait mon valet...
Ma fille alors deviendrait ma servante,
Par conséquent je serais mon valet...
Je ne veux pas devenir mon valet!...

SCÈNE XX.

DUTAILLIS, LAVIOLETTE.

LAVIOLETTE, *avec sa valise, entrant par le fond-milieu.* Monsieur... je viens vous faire mes adieux...

DUTAILLIS. Ah! vous partez, vous?...

LAVIOLETTE. Ma conduite ayant eu le malheur de vous déplaire, je crois aller au devant de vos désirs en décampant... Et si vous vouliez, seulement, me remettre la petite indemnité d'usage...

DUTAILLIS. Hein?... quelle petite indemnité?...

LAVIOLETTE. L'habitude est, comme vous devez le savoir, de payer huit jours d'avance...

DUTAILLIS. Vous moquez-vous, Monsieur?...

LAVIOLETTE. Le bureau de placement ne m'ayant rien remis du tout, toute ma *braise* a passé pour mes frais de voyage...

DUTAILLIS, *ahuri.* Quel bureau de placement?... quelle braise? ce n'est donc pas Ducerceau qui vous envoie?

LAVIOLETTE. Quel Ducerceau?

DUTAILLIS. Vous n'êtes donc pas mon gendre?

LAVIOLETTE. Quel gendre?

1 Dut. Urs.

DUTAILLIS. Dont j'ai reçu la lettre de voiture?

LAVIOLETTE. Vous attendiez un gendre?

DUTAILLIS. Sans doute, et un domestique aussi...

LAVIOLETTE, *jetant sa valise, remontant et passant à gauche.* Ah! quel feu d'artifice!... Le domestique c'est moi!...

DUTAILLIS, *avec éclat* (1). Vous!... que le diable vous emporte! vous m'avez fait faire une belle bêtise!

LAVIOLETTE. Monsieur, vous n'aviez pas besoin de moi pour ça.

DUTAILLIS. Moi qui ai flanqué mon gendre à la porte!...

LAVIOLETTE. Je le regrette... mais...

DUTAILLIS. Mais! Monsieur, on s'explique...

LAVIOLETTE. Mais, Monsieur, on interroge!...

DUTAILLIS. Et vous ne dites rien!...

LAVIOLETTE. Et vous ne parlez pas! (*Galuchet entre par fond-milieu. Il a remis son habit et tient la veste de nankin et le tablier.*)

~~~~~~

SCÈNE XXI.

LAVIOLETTE, GALUCHET, DUTAILLIS, *puis* URSULE, *et ensuite* SUZETTE.

GALUCHET, *à Dutaillis.* Monsieur, je viens vous rendre votre veste et votre tablier... (*Les jetant à ses pieds.*) Je ne veux plus rien à vous! (*Il fait un mouvement pour s'éloigner.*)

LAVIOLETTE, *le retenant.* Non, jeune homme, vous ne partez plus!..

DUTAILLIS. Vous restez. (*Il ramasse la veste et le tablier et les met sur le guéridon.*)

GALUCHET, *fièrement.* Après l'affront que j'ai reçu!... (*Fausse sortie.*)

DUTAILLIS. Arrêtez!... (*Galuchet s'arrête.*) Je vous offre une réparation... et si la peine du talion peut vous satisfaire... (*Il se retourne. Galuchet fait un geste de triomphe, et va pour lui donner un coup de pied; Laviolette le retient.*)

GALUCHET, *à part.* Ah! s'il n'était pas le père de sa fille!... (*Il va de nouveau pour lui lancer un coup de pied, s'arrête et reste la jambe en l'air, en disant avec dignité à Dutaillis :*)

« Rendez grâce au seul nom qui retient ma colère :
« De sa fille, aujourd'hui, je respecte le père!...

URSULE, *entrant par le fond, à droite, elle a un paquet sous le bras et tient à la main un panier d'argenterie.* — *S'approchant de Dutaillis* (2). Monsieur...

DUTAILLIS. Quoi?...

1 Lav. Dut.
2 Lav. Gal. Dut. Urs.

URSULE. Si vous voulez compter votre argenterie. voilà votre ruolz...

DUTAILLIS. C'est inutile... tu ne t'en vas plus!... (*Ursule toute joyeuse pose son paquet et le panier sur le guéridon.*) Qu'on fasse venir ma fille!...

GALUCHET ET LAVIOLETTE, *étonnés.* Sa fille!...

SUZETTE, *entrant par la gauche* (1). Me voici, mon père...

DUTAILLIS. Arrive, mon enfant, arrive vite!...

LAVIOLETTE, *à Dutaillis, en passant près de Suzette* (2). Ce n'est donc pas mademoiselle qui est... (*Il montre Ursule.*)

DUTAILLIS, *avec mépris.* Ça?... c'est ma servante!...

LAVIOLETTE, *à part.* Sacrebleu!...

GALUCHET, *à part.* Oh!... la servante!...

SUZETTE, *à Dutaillis.* Qu'est-ce donc, mon père?

DUTAILLIS, *à Suzette.* L'étonnement et la stupéfaction me privent de mon sang-froid, et je ne sais comment t'apprendre que mon gendre... c'est-à-dire que mon domestique... je disais bien, que mon gendre...

LAVIOLETTE. Était le domestique, le domestique le gendre... et... enfin... qu'on vous donne à celui qui vous était destiné. (*Il montre Galuchet.*)

SUZETTE, *à part.* O bonheur!... Est-il possible!...

LAVIOLETTE, *à Galuchet.* Votre main, jeune homme... (*A Suzette.*) La vôtre, Mademoiselle... (*Il joint leurs mains.*) Je vous unis, mes enfants, et je vous donne ma bénédiction!

DUTAILLIS, *à part.* Comment?... il marie ma fille à présent? (*Haut, et le repoussant.*) (3) Laissez-moi donc faire, vous, est-ce que ça vous regarde! (*Joignant les mains de Galuchet et de Suzette.*) Je vous unis, mes enfants, et je vous donne ma bénédiction... Voilà! (*Il passe près de Laviolette.*)

LAVIOLETTE. Je l'avais dit.

DUTAILLIS. Mais ce n'était pas à vous de le dire!

GALUCHET, *à part.* Je m'étais complétement fourvoyé... (*Il regarde Suzette.*) Celle-ci est beaucoup mieux que l'autre!...

LAVIOLETTE, *à part, en regardant Ursule* (4). Ma foi, celle-là pourra me consoler...

URSULE, *à part, avec joie.* Oh! mon Dieu!... comme il me reluque!

LAVIOLETTE. Monsieur Dutaillis, nous ferons deux noces; car je passerai à votre service la saison des eaux, et je repartirai ensuite pour Paris avec Madame Laviolette. (*Il offre sa main à Ursule.*)

1 Lav. Gal. Suz. Dut. Urs.
2 Gal. Lav. Suz. Dut. Urs.
3 Gal. Dut. Suz. Lav. Urs.
4 Gal. Suz. Dut. Lav. Urs.

URSULE, *tombant assise près du guéridon.* Ah!
(*Se relevant et donnant la main à Laviolette.*)
Monsieur, avec plaisir...

LAVIOLETTE, *à Dutaillis.* Vous entendez?

URSULE, *à part.* Tous les rêves de mon cœur
sont donc réalisés!

DUTAILLIS, *à Laviolette.* Je donne encore mon
consentement, mon cher. (*Il consulte son mouchoir.*) Gueule-de-loup...

. LAVIOLETTE, *se reprenant.* Gueule-de-loup, à
présent?... Je vais le lui timbrer... (*Lui criant à
l'oreille.*) Laviolette!... ce qu'on donne pour
le rhume... Enfin ça ne fait rien !... Dès demain
nous ferons les doubles fiançailles... (*Ursule
passe son bras sous le sien.*) A vos frais.

DUTAILLIS, *à part.* Je les lui retiendrai sur ses
gages.

CHŒUR FINAL.

Air : *Au refrain du tambourin.* (Gentil-Bernard.)

En ces lieux plus de soucis,
De colère, de méprise,
Les amoureux, à leur guise,
Désormais étant unis. (*bis.*)

(*Au public.*)
DUTAILLIS.
Air : *Une Fille est un oiseau.*
Enfin, me voilà sorti
D'une position fâcheuse.
GALUCHET.
Certes, la chose est heureuse...
Tout, pourtant, n'est pas fini.
LAVIOLETTE.
A la fin de chaque ouvrage,
Il faut le couplet d'usage...
URSULE.
Mais, à sa dernière page,
Notre auteur bien stupéfait...
SUZETTE.
Ne trouvant pas, pour le faire,
Un trait digne de vous plaire...
DUTAILLIS.
Messieurs, il n'en a pas fait...
GALUCHET.
Et je crois qu'il a mieux fait!
ENSEMBLE.
Messieurs, il n'en a pas fait,
Et je crois qu'il a mieux fait !
REPRISE DU CHŒUR.
En ces lieux plus de soucis, etc.

FIN.

LAGNY. — Imprimerie de VIALAT et Cie.

EN VENTE CHEZ LE MÊME ÉDITEUR :

SUITE DU CATALOGUE.

EN VENTE

CHEZ LE MÊME ÉDITEUR ET CHEZ TOUS LES LIBRAIRES :

LES DRAMES DU FOYER

Par MM. G. LAPOINTE et F. de REIFFENBERG. — Un vol. format Charpentier. Prix 2 fr. 50 c.

LAGNY. — Imprimerie de VIALAT et Cie.

www.ingramcontent.com/pod-product-compliance
Lightning Source LLC
Chambersburg PA
CBHW061737180626
46818CB00006B/2667